Les ALGÉRIENNES,

POÉSIES

NATIONALES.

PARIS,

LADVOCAT, LIBRAIRE, QUAI VOLTAIRE,

ET AU PALAIS - ROYAL;

DUPONT, RUE VIVIENNE, N. 16.

Septembre 1827.

EBERHART, Imprimeur, rue du Foin Saint-Jacques, n° 12.

LES
ALGÉRIENNES.

EBERHART, IMPRIMEUR,
rue du Foin-S.-Jacques, 12.

Les ALGÉRIENNES,

POÉSIES

NATIONALES.

PARIS,

LADVOCAT, LIBRAIRE, QUAI VOLTAIRE,
ET AU PALAIS - ROYAL;
DUPONT, RUE VIVIENNE, N. 16.

Septembre 1827.

❁❁❁❁❁❁❁❁❁❁❁❁❁❁❁❁❁❁❁❁❁❁❁

Avis de l'Editeur.

———

J'AI cru que les trois Algériennes que je publie, seraient assez naturellement précédées de la lettre suivante, insérée le 15 août dernier dans une de nos feuilles politiques.

———◖❂◗———

MONSIEUR,

Le récit des outrages reçus par notre consul à Alger m'a suggéré quelques réflexions que je ne crois pas indignes de l'attention du public ; vous jugerez si je me suis abusé.

Depuis Duquesne jusqu'à lord Exmouth, bien des expéditions ont eu lieu contre les Barbaresques. Mais, soit qu'on n'ait jamais envisagé, dans ces expéditions, d'autre but qu'une vaine ostentation de pouvoir, ou qu'on ait reculé devant la pensée d'un grand changement, ou qu'on ait craint que le prix de la lutte ne valût pas ce qu'elle coûterait, ou qu'on se soit fait un scrupule de porter atteinte à la puissance nominale du Grand-Seigneur, toujours est-il que ces expéditions ont toutes été stériles.

Il en est résulté un ordre de choses tel qu'il n'y a que l'habitude qui nous en puisse déguiser la difformité. Sur un rivage autrefois chrétien et riche encore des monumens de notre piété comme de notre héroïsme, un pirate (car de quel autre nom le nommer?) s'est élevé un trône, au pied duquel ses esclaves enchaînent tous les jours des chrétiens. Du haut de ce trône, il ordonne le pillage de nos vaisseaux, la vente de nos frères : si quelque nation est épargnée, c'est à prix d'or; ce qui est une pire humiliation peut-être. Car qui se rachète se reconnaît esclave. N'est-il pas temps que cet ordre de choses ait un terme? Ce n'est pas l'impuissance qui nous retient ; il est clair aux yeux de tous que ce n'est pas la justice. Qu'est-ce donc?

Pour ne rien laisser à désirer dans une question de cette importance, je me propose de démontrer que la destruction d'Alger par la France est une entreprise légitime et avantageuse, et que toutes les puissances d'Europe, au lieu d'y mettre obstacle, doivent la favoriser.

L'entreprise est légitime, par la loi du Talion, qui attache des représailles à chaque offensé; par la loi de l'honneur, qui punit un affront plus sévèrement qu'un dommage; par la loi de la conservation personnelle, qui ne supporte pas un danger permanent, lors même qu'il ne serait pas facile à dissiper.

Ici on ne manquera pas d'attester le droit des gens. Et quel autre droit des gens avec des barbares que le droit de la force? Qu'ils montrent leurs titres : ils n'en ont qu'un ; c'est ce droit même de la force; c'est le commandement de leur prophète, qui leur a dit : *Allez devant vous; exterminez tout ce que vous ne convertirez pas.* Ils ont obéi à ce commandement : l'Europe s'en souvient. Voici une halte, il est vrai, qui dure depuis un siècle et demi ; mais en est-ce moins une halte ? Le mot d'ordre et le but sont-ils changés ? Y a-t-il si long-temps que le chef de l'islamisme s'applaudissait d'emprunter à l'Europe sa discipline guerrière, afin de l'asservir un jour ? Est-ce que le cérémonial turc ne décèle pas assez leur véritable pensée, cette pensée transmise de siècle en siècle, comme un héritage ? Et dans quelle estime croyez-vous que soient vos princes auprès de celui qui, pour honorer léurs ambassadeurs, les fait passer par la porte des supplices et leur offre pour siége le banc des bourreaux ?

La question des avantages se résout par la vue seule. Regardez cette double chaîne de montagnes qui traverse le pays d'orient en occident, et la multitude de rivières et de ruisseaux qui en descendent pour répandre au loin la fraîcheur et la fécondité : admirez cette pente du sol vers le nord, et comme il est garanti par l'Atlas de l'influence des vents du sud ; aussi la température en est douce, les maladies y sont très-rares ; l'ophthalmie, cette plaie de l'Egypte, y est inconnue. Préférez-vous à un tel établissement le climat meurtrier des Antilles ? Que dirai-je des produits ? Outre les laines fines, les huiles, la soie et la cire qu'il fournit abondamment, une grande partie de son territoire se prêterait sans peine à la culture de la canne à sucre, du coton et de l'indigo. Une noble race de chevaux erre dans les pâturages de l'Atlas, précieuse espérance de nos remontes.

S'effraie-t-on de la dépense ? J'essaierais en vain de nier qu'elle sera considérable ; mais beaucoup moins qu'on ne le suppose ; car enfin 25000 hommes de débarquement suffisent, dont 2000 de grosse cavalerie, puisqu'en réunissant les forces des deux Beys, Turcs, renégats et coulolis de sa garde, le chef de cet état, si bien nommé république, ne pourrait guère nous opposer que

20000 hommes de méchantes troupes; car je ne compte pas les populations asservies, qui seraient plutôt nos auxiliaires. Le trajet est court. Le pays offre, pour la subsistance, pour les marches de l'armée, des ressources immenses en vivres, en chevaux et chameaux. Mais, la dépense fût-elle plus grande encore, on a sous la main de quoi la couvrir. C'est la vente des terres fertiles; 9000 lieues carrées de 25 au degré donnent plus de 18 millions d'hectares. Je supposerai (et certes on ne m'accusera pas d'atténuer un obstacle pour exagérer un avantage), je supposerai que les rochers, montagnes arides, cantons sablonneux, prennent un neuvième du terrain; que les terres abandonnées aux Arabes nomades, et aux tribus des Bérébères en prennent deux neuvièmes; que deux autres neuvièmes composent la propriété des Maures et Arabes cultivateurs : je divise un autre neuvième en deux parties, moitié pour la dotation des établissemens publics, moitié pour les distributions gratuites de terrain, et les dotations militaires; ce sera en tout six neuvièmes, ou les deux tiers du territoire. Reste un tiers, ou six millions d'hectares qu'on peut vendre à des compagnies financières. Quand vous n'évalueriez l'hectare que 100 francs, et c'est bien peu pour un terrain propre aux cultures des zones tempérées, comme à celle des zones équinoxiales, vous recueilleriez six cents millions. Et si, pour faciliter la vente, vous consentiez à ne recevoir que le dixième du prix chaque année, ce serait toujours soixante millions par an, sans les intérêts. Quelle est l'expédition dont les frais ne seraient couverts par cette recette! et je n'ai pas encore parlé des deux plus importans avantages.

Le premier, qu'il suffit d'exposer, c'est une sorte de rajeunissement de l'esprit public; il faut bien reconnaître notre côté faible. Une trop longue paix nous énerve ou nous jette dans une agitation stérile. Sans ressembler précisément à ces anciens Germains décrits par Tacite, qui répandaient plus volontiers leur sang que leurs sueurs, il semble que la paix n'ait point à nos yeux les charmes que les peuples industrieux trouvent en elle. Il nous faut plus de faste et d'éclat, un bonheur moins fade, si j'ose le dire ; et ce sont les entreprises aventureuses qui donnent ce bonheur-là. Je ne sais quel orateur disait à la tribune, que Louis XIV fut un roi impopulaire. Il n'en est pas au contraire qui soit plus entré que lui dans l'esprit de cette nation avide de gloire, chez qui l'admiration est un passage à l'amour.

Quant au chapitre des jalousies extérieures, je pense qu'elles ont eu assez l'occasion de se satisfaire. Nous sommes à-peu-près sans colonies ; notre frontière du nord est ouverte ; cette limite du Rhin, qu'on pouvait nommer naturelle, est effacée de notre carte. Qui pourra trouver mauvais que nous cherchions à nos risques et périls un dédommagement dans la conquête d'un pays qui n'a point de maître ? surtout cette conquête n'étant pas moins favorable aux intérêts d'une partie de l'Europe qu'à nos propres intérêts. Elle garantit l'Espagne, le Portugal, l'Italie ; elle met à l'abri des vexations les états même du Nord. Car quelle est la nation qui n'ait point sa part de ce danger et de cet opprobre ? Tous les pays de la chrétienté peuplent les bagnes d'Alger ; tous apportent malgré eux au marché des pirates un tribut semblable à celui que les Grecs payaient au Minotaure.

J'ai réservé le plus grand avantage pour le dernier. Je ne sais quel vertige répandu dans les esprits nous a fait méconnaître les bienfaits du système de colonisation. Il nous semble, dans notre aveugle partialité pour l'indépendance universelle, que l'établissement d'une colonie soit un outrage à la dignité du genre humain. En vain l'expérience des nations nous offre un avertissement salutaire, en vain les voyons-nous toutes, de temps immémorial, appliquées à fonder des colonies; les nations guerrières, pour étendre les rameaux de leur puissance, et transformer des sujets turbulens en auxiliaires fidèles; les commerçantes, pour étendre les rameaux de leur industrie et faciliter la vente de leurs produits par l'accroissement des débouchés.

On a rompu cette chaîne qui liait des populations éloignées par des rapports d'origine, d'utilité commune; on n'a pas considéré dans quel cercle étroit l'indépendance qu'on dit absolue resserre l'existence des nations. Car l'indépendance absolue, pour les nations comme pour les particuliers, c'est l'égoïsme. Des colonies! des colonies! c'est le cri de tous les hommes sages. La fièvre des révolutions est calmée, sans être entièrement dissipée; et toute fièvre retrouve aisément ses routes dans un corps qu'elle a une fois occupé. Des colonies! Elles substituent une activité nourricière à une vague inquiétude; elles attirent sans secousse au dehors l'excédant de la population. Et, certes, aux accroissemens que nous voyons prendre à la nôtre, qui peut juger si, dans un siècle, la terre de France pourra la contenir! L'Europe nous doit des colonies, les colonies les plus voisines de nous, les plus faciles à garder, les plus proportionnelles à l'exubérance de notre population. Quiconque aime la France, ne cessera de demander pour elle des colonies, jusqu'à ce qu'elle en ait acquis de nouvelles ou par la force ou par la négociation, qu'elle les ait obtenues de la justice des rois d'Europe, ou de leur intérêt.

Agréez, etc.

C. de M.

Iʳᵉ ALGÉRIENNE.

PREMIÈRE

ALGÉRIENNE.

AU DEY.

A CET abaissement sommes-nous descendus?
La France un instant éclipsée
Du rang des nations serait-elle effacée?
Tous les vœux de l'Anglais seraient-ils entendus ?

D'un peuple de brigands despote téméraire,
Qui prodigues l'outrage à notre Ambassadeur,
Penses-tu que les Lis par les feux du tonnerre
Seront moins protégés que l'Aigle usurpateur?

Dans les fastes de ta Régence,
Trop aveugle Tyran, tu n'as donc lu jamais!
Jamais on ne t'a dit sur ta faible puissance
Les longs triomphes de la France,
Ni que Duquesne était Français !

Ah! tu sauras bientôt que cette Gaule antique
D'un perfide ennemi sait venger le dédain ;
Que ses Fils généreux savent d'un Africain
    Écraser l'orgueil fanatique.

    Quelquefois nos jeunes héros
    Sommeillent au sein des délices ;
Mais ils n'attendent pas que la voix des Ulysses
Leur fasse abandonner les myrtes de Scyros.

Ils partent nos guerriers ; sur tes vaisseaux parjures
    Ils vont secouer les revers :
    Ils vont, aux yeux de l'univers
    Punissant tes lâches injures,
Foudroyer, en courroux, ton asile pervers,
Et, se couvrant d'honneur chez les races futures,
Au commerce indigné restituer les mers.

IIME ALGÉRIENNE.

✿✿✿✿✿✿✿✿✿✿✿✿✿✿✿✿✿✿✿✿✿✿✿✿✿✿✿✿✿

SECONDE

ALGÉRIENNE.

———◦◦❀◦◦———

LE DROIT DE LA NATURE ET DES GENS VIOLÉ, A LA HONTE DES
NATIONS CHRÉTIENNES, PAR LES ÉTATS BARBARESQUES (1).

———◦◦❀◦◦———

ARGUMENT.

Le droit de la nature et des gens, oublié dans les siècles de barbarie, n'a reparu qu'à la renaissance des lettres. Ses progrès propor-
tionnés à la propagation des lumières. L'ignorance des peuples
musulmans et le despotisme de leurs chefs l'ont remplacé par le
droit de la force. Sort du savant qui voudrait visiter les côtes d'A-
frique, si célèbres avant notre ère. Prise d'un vaisseau français
par un Corsaire algérien. Appel aux nations chrétiennes, pour
qu'elles vengent le droit de la nature et des gens, violé sans cesse
par les Barbaresques.

———

DES Grecs et des Romains les sublimes écrits
Sommeillèrent long-temps sous d'augustes débris :

(1) Ce sujet fut proposé, en 1824, par la société royale d'Arras,
pour le prix de poésie à décerner en 1825.

2

Huit siècles dans les cieux le dieu de la lumière,
Avec indifférence achevant sa carrière,
Vit des droits les plus saints l'homme déshérité.
Quel monstre eut des autels? La féodalité!
O souvenir honteux! la stupide ignorance
Sur les peuples flétris jette un filet immense,
Dont le tissu de fer écrase, avec effort,
Ces bronzes mutilés par les glaives du Nord,
Ces toiles en lambeaux, ces débris de statues,
A d'antiques parois ces lyres supendues,
Et ce burin sacré, noble vengeur des lois,
Ce burin philosophe, épouvante des rois,
Qui consacre, guidé par la main du génie,
Leur gloire, leurs vertus, ou leur ignominie.
Alors que des neuf sœurs s'éclipse le flambeau,
Que les Arts sont plongés dans la nuit du tombeau,
Partout règnent le deuil, la mort ou l'esclavage;
Et l'on voit s'élever dans l'Europe sauvage,
Où les blés opulens jaunirent les guérets,
La stérile bruyère ou d'incultes forêts.
Que devient la justice? A la raison humaine,
La force, avec orgueil, commande en souveraine.
C'en est fait, plus de rois pour les grands divisés;
Entre les nations les liens sont brisés,
Et des vils préjugés la gothique imposture
Étouffe dans les cœurs la voix de la nature,

Proclame des arrêts bizarrement cruels,

Pour Thémis, aux combats emprunte les duels ;

Ou soumet le coupable aux épreuves divines.

Quelle main des abus tranchera les racines ?

Et par qui du bon sens les dogmes obscurcis

Sur la base des lois se verront-ils assis ?

Léon parle: tombez, voiles de l'ignorance ;

Un rayon du génie a brillé dans Florence :

O magique signal! les arts et les talens

Se réveillent, honteux d'un sommeil de mille ans ;

Et voyant la raison lâchement outragée,

Ne s'arrêteront plus qu'elle ne soit vengée.

Sur des feuilles d'airain, pour hâter leurs efforts,

Un dieu de la pensée a gravé les trésors.

La boussole, s'ouvrant un chemin sur les ondes ,

Agrandit l'univers, rapproche les deux mondes.

La scolastique, ainsi que cet oiseau de nuit,

Qui, craignant le soleil, avant l'aube s'enfuit,

A la Sorbonne encor, mais en vain se confie,

Et le doute, sauveur de la philosophie,

Sur ces bancs où siégea l'aveugle absurdité,

Règne, et plein de candeur, cherche la vérité.

Changemens fortunés! la royauté trahie

Arrache aux vieux donjons sa puissance envahie.

Le siècle de César reconnaît un rival.

Déjà recomposé, le monde social,

Condamne, en accueillant la douce tolérance,

Ce zèle qui, jadis, sur le sol de la France,

Dans les flots d'un sang pur, pour une opinion,

A plongé l'étendard de la religion.,

Les peuples ennemis, étonnés d'être frères,

Pour le bonheur commun échangent les lumières,

Et tous, des citoyens ils proclament les droits.

De la sagesse enfin l'homme écoute la voix,

Lit et pense; et, vainqueur d'innombrables obstacles,

De l'art vole en tous lieux contempler les miracles;

Et son fier pavillon, en mille sens divers,

Sillonne l'Océan, libre comme ses mers.

Mais de siècles heureux cette brillante aurore

De ses feux bienfaisans n'éclaire point encore

Ces peuples asservis aux lois du conquérant,

Qui, par le cimeterre imposa le Koran.

Que dis-je? au milieu d'eux, l'affreuse barbarie

Ose vanter son nom et trouve une patrie!

Servilement soumis à son sceptre fatal,

Là, tout homme est despote, ou rampe son vassal;

Là, jamais de repos aux glaives des sicaires;

Là, sous un joug honteux d'abus héréditaires,

D'aveugles sectateurs se courbent les troupeaux,

Et dans leurs chefs sacrés bénissent leurs bourreaux.

Qui pourrait adoucir ce cruel despotisme ?
Lâchement incliné devant le fanatisme,
Il marche où le conduit son prophète imposteur,
Et, de son code impur fidèle observateur,
D'une amour mutuelle ignorant le délire,
D'un sexe dont l'Europe a consacré l'empire,
Protége sous cent clefs l'inquiète vertu.
O qui me donnera de te voir abattu,
Pouvoir du despotisme et de la tyrannie ?
Où tu dresses encore une tête impunie,
Où règne le croissant, quand verrai-je planté
L'étendard de la croix et de la liberté ?

Sur les bords africains, sur cette indigne plage,
Je cherche vainement l'orgueilleuse Carthage :
Près d'un fort inconnu ses débris sont épars ;
La chèvre foule en paix ces débiles remparts,
Dont l'astre fit pâlir l'astre même de Rome.
O cité qu'ennoblit le trépas d'un grand homme,
Utique, tu n'es plus ! villes de Jugurtha,
Laris, Zame, Suthul, et toi, belle Cirtha,
Qu'êtes-vous ? O revers ! vos monumens superbes
Se cachent pour jamais sous de rampantes herbes,
Et le fils des beaux-arts, qui, loin de nos climats,
Court, vole interroger la cendre des états,

N'ose de vos splendeurs évoquer le génie,
Son intrépide audace, hélas! serait punie,
Et ce droit précieux, ce droit cher et sacré,
Ce noble droit des gens, en tous lieux révéré,
Trop infidèle appui, près d'un maître sauvage,
Ne le sauverait pas d'un cruel esclavage.

Mais c'est peu que rebelle, à nos pas curieux,
Alger offre au savant des fers injurieux.
Voyez-vous s'élancer de ses rives barbares,
Sur un léger vaisseau, ces matelots avares?
La rame, à coups pressés, les éloigne du bord.
Puisse un dieu bienfaisant les ramener au port,
S'ils brûlent d'emporter par un heureux échange,
Du Tage et de l'Indus, de la Seine ou du Gange,
Des rivages d'Oman, des bords américains,
Ces trésors refusés aux climats africains!
Mais si de ces brigands le pavillon funeste,
Avec impunité, dans ces mers qu'il infeste,
Au commerce opulent demande ces vaisseaux
Que l'Europe a lancés sur l'empire des eaux;
S'ils insultent, armés d'un coupable tonnerre,
Aux droits des nations que respecte la terre;
Que sans pitié leur nef, jouet des ouragans,
Périsse, et que les flots dévorent ces forbans!

Vœux impuissans ! d'Alger la criminelle audace
D'une mer sans courroux effleure la surface,
Et cherche avidement, dans ces vastes déserts,
Un navire chrétien qui reçoive ses fers.

Tout-à-coup, ô douleur ! fatal succès du crime !
A l'horison des flots paraît une victime !
Des pirates soudain le chef audacieux,
D'un fidèle cristal armant ses faibles yeux,
Voit un blanc pavillon qui vogue vers la France.
Des sujets de Louis il connaît la vaillance,
Hésite, et du combat pèse tous les dangers ;
Puis ayant assemblé ses farouches nochers :
« Si pour les ennemis de notre saint prophète
» Vous ne portez jamais une haine muette ;
» Au seul nom de chrétien, amis, si votre cœur
» Éprouve justement une invincible horreur ;
» Aux sectaires d'un Dieu qui n'eut jamais d'empire,
» Par le droit de ce glaive, arrachons ce navire.
» Vainqueurs, il est à vous ; et ses maîtres sans foi,
» Esclaves dans Alger, ramperont sous ma loi.
» Au milieu du péril, songez à mes promesses. »
Tous répondent : « La mort, la mort ou les richesses ! »
Et volent au combat, aussi prompts que l'éclair.

Tel l'avide vautour, dans les plaines de l'air,

Cherche pour sa fureur des victimes nouvelles,
S'indigne que long-temps il fatigue ses ailes,
Et ne découvre pas, en son vol obstiné,
Ou la douce colombe, ou l'agneau nouveau-né ;
S'il voit un jeune aiglon, il s'arrête, il s'élance,
Du monarque des airs il insulte à l'absence,
Et sur son fils emporte un facile succès.

Tels les vautours d'Alger fondent sur les Français.
Vainement les mortels, les vents et les orages
Respectèrent leur nef aux plus lointaines plages ;
La foudre les attend près de rentrer au port.
Ils n'ont que des mousquets pour envoyer la mort ;
Et des flancs ennemis vingt bouches homicides
Vomissent le trépas sur les plaines humides.
La plupart mutilés par le bronze fatal,
Ils voudraient prolonger un combat inégal ;
Mais la force épuisée a trahi le courage.
Le corsaire triomphe, hélas ! et l'esclavage
Insultant aux vaincus tous chargés de liens,
Dans le cachot flottant a plongé les chrétiens,
Et, d'un infect abri leur disputant l'espace,
Les presse... dans la tombe ils auront plus de place.
L'Afrique les appelle en ses bagnes impurs :
Là, comme un vil bétail, à des travaux obscurs,
Sans espoir, lentement, ils useront leur vie,

Ou, moins infortunés, au premier ordre impie,

Leurs têtes voleront sous le fer musulman,

Et, du palais d'un maître effroyable ornement,

La crainte à leur aspect.... Mais loin de son empire,

Il flotte, il erre encor, cet infâme navire....

Levez-vous, nations, aux armes, levez-vous!

Que la haine en vos cœurs embrase le courroux,

Enfans civilisés de l'Europe chrétienne!

Foudroyez les tyrans d'une plage inhumaine :

Rappelez ce saint zèle et cette antique ardeur,

Qui, dans ces lieux sacrés où périt le Sauveur,

Précipita jadis vos généreux ancêtres ;

Allez redemander à leurs injustes maîtres

Les captifs gémissans qu'ils n'ont pas égorgés.

Que de vos frères morts les mânes soient vengés!

L'univers applaudit; l'Éternel vous seconde,

Nations, point de grâce à ces tyrans de l'onde!

Ils irritent le glaive.... Au nom de *Liberté*

Qu'ils tombent expirans sous le glaive irrité!

Que l'on cherche la place où de la barbarie,

Ivre d'un fol orgueil, siégea le trône impie;

Où, naguères encor, s'élevaient ses remparts ;

Cette place où flottaient au-dessus des poignards

A servir sa fureur trop fidèles ministres,

Des fils de Mahomet les bannières sinistres ;

Que du monstre brisant jusqu'aux derniers abris,
La flamme les dévore, et que de leurs débris
Couvrant des vils pachas les farouches cohortes,
Un silence éternel soit assis à leurs portes.

IIIᵐᵉ ALGÉRIENNE.

TROISIÈME

ALGÉRIENNE.

───❖───

LA VICTIME.

PHOLOÉ, loin des murs d'Athènes,
Qu'allait envelopper un peuple de bourreaux,
Avec ses compagnes Hellènes,
Chercha, mais vainement, son salut sur les eaux.

Triste et pensive, de l'Attique
Pholoé se retrace un souvenir amer ;
Hélas ! et tout-à-coup un Corsaire d'Afrique
L'emmène esclave dans Alger.

Du vaisseau criminel à peine descendue,
De son maître un Français l'a vue
A genoux, l'œil en pleurs, invoquer la pitié.
Son peu d'or ne pouvait racheter la captive ;
Pour alléger sa chaîne, à la vierge plaintive
Son peu d'or fut sacrifié.

Pholoé fut reconnaissante :
Le jeune et beau Français revenait chaque jour ;
Et bientôt il obtint d'une flamme naissante
L'aveu naïf et sans détour.

Sur la plage algérienne
De la belle Athénienne
Comme il écoutait les maux !
Et cent fois faisait redire
Les souffrances du martyre
Et la lutte des héros !

Tout-à-coup, cependant, au nom du Roi de France,
Il reçoit un ordre fatal.
Le jour même, au premier signal,
Il faut quitter avec prudence
L'empire d'un tyran brutal,
Qui bientôt doit payer son aveugle insolence.

Quoi ! ce brusque départ !... un départ sans adieux !
Pourrait-il laisser en ces lieux
Cette autre moitié de lui-même ?
Il ne balance point, il vole à ce qu'il aime ;
Et, bravant le danger d'éveiller le soupçon,
Devant tous sa douleur éclate,
Et de l'Athénienne il demande au pirate
Le prix qu'il met à la rançon.

« Point de rançon, dit le Corsaire,

» L'or impur des Chrétiens n'aura point cette fleur.

» Retire-toi, jeune homme; au Grand-Seigneur

» J'ai destiné cette belle étrangère. »

Ces mots pour Pholoé sont le coup de la mort ;

Elle tombe glacée; on l'emporte.

Et l'amant trop fidèle... on commande qu'il sorte !

Heureux si par un sage effort,

Quelques instants plutôt il eût gagné la plage!

Redirai-je son triste sort?

Tous les blancs pavillons flottent loin du rivage;

Et retiré dans son palais,

Honteux de son imprévoyance,

Le Dey, dans sa fureur, apprend que des Français

Un du moins est en sa puissance.

» Qu'on l'amène, et qu'un pal à l'instant soit dressé:

» Que sur ce pal aigu lentement abaissé,

» Il laisse lentement savourer la vengeance! »

Du supplice, à ces mots, déjà le Musulman

Élève dans les airs le fatal instrument.

Des descendants d'Omar paraît tout le génie.

Du Français, dont la tyrannie

Insulte l'intrépidité,

Tout un peuple contemple, avec atrocité,

Les quarante heures d'agonie.

Ah! ce sang généreux qui rougit ce long fer

Appelle de nouveaux Duquesnes.

Ils partent; vers l'Afrique ils guident nos carènes

Le bronze va tonner. Malheur aux fils d'Alger!

FIN.